# 十二歳の少年は十七歳になった

秋亜綺羅

# 十二歳の少年は十七歳になった

秋亜綺羅

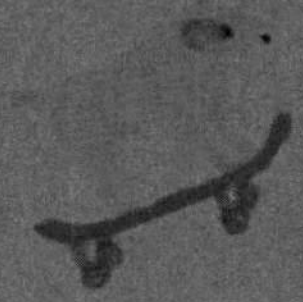

# 目次

※46ページから51ページは落丁、乱丁ではありません。
47〜50ページが２ツ折で折込まれています。

十二歳の少年は十七歳になった

# 十二歳の少年は十七歳になった

季節よ、城よ
無傷なこころがどこにある
とランボーは書いている

海が目の高さまでやって来て
握っていたはずの友だちの手を
離してしまった瞬間から
きみの時間はずっと止まったままだ

凍えていたね手と足と
おにぎりも飲み水もなかった淋しさと
叫びたかったおかあさんということば
泣くことも忘れていた吐息の温度と

暗闇に海の炎だけが映る瞳と
ぜんぶ拾い集めたらきみになるかな
きみは歩き出すかな

動かない時計だって宝物だね
けれどきみがいま秒針に指を触れれば
時間はきっと立ち上がる
空間はすっときみを抱きしめる

どんな鳥だって
想像力より高く飛ぶことはできない
と寺山修司はいった

傷はまだ癒えていないけれど
今度はきみが
青空に詩を描く番だ

# 三人の友だち

海くんはクジラや魚を泳がせるけれど
海くん自身が泳ぐ場所はありません

青空くんは鳥や飛行機を飛ばせるけれど
青空くん自身が飛ぶ場所はありません

それとおんなじで
人間くんには愛する場所がないのです

だから
海くんと青空くんと人間くんは
いつも友だちでしょ

# 盲術

心臓が止まる音がする
ほら、こころが止まる音

時計が止まる音がする
ほら、時間が止まる音

川の流れが止まる音がする
ほら、虹が消える音

炎が消える音がする
ほら、光がないという音

太陽が沈む音がする
ほら、月が消える音

海が夕焼けを飲み込む音
夜空が海を飲みほす音

電波が切れる音がする
電線に魂がとまる音

言語たちが砕ける音
真実が嘘に飲み込まれる音

影だけが近づいてくる音がする
明るすぎてなにも視えない音

死者たちが息をひそめる音

# 黄色いバス

きみを待っているあいだに
核戦争がありまして

いちめんの真っ黒い青空です
無数の黒鉛筆が降り注いでいる

ラジオの天気予報は
あしたは晴れるべきだ
と繰り返しています

売れやしないとわかっている絵の
額縁を作っていた画廊主はお手上げです

死んで埋葬される土地など、もうどこになく
生きて見上げる空すらない

死刑も廃止になり
最高刑は懲役三〇日になりました
ただし食事は与えない

予定ばかり作って暮らした男も
いよいよあしたは、ありません

雨が降っていない日でした
ひきがえるは雨のことばかり考えていました

時間はどのくらい止まったままかを
正確に刻んでいる時計がありました

きみは元気だという風の便りを知りました
きみは病気だという風の便りもありました

ここは、逃げ出したい場所なのか—見えないふりをすると
それとも、逃げ込みたい場所なのか—見えるでしょ

人生などと大げさじゃなく
瞬時などと恰好いいわけでもなく
きみを待つ時間は
錆びたバス停として立つでしょう

# 聾術

人間が横暴だといわれるのはなぜですか
シマウマを食べるライオンだからですか
ゾウを倒すアリの大群だからですか
いいえ、夢を作っては
食べつくすバクだからです

人間が幸福を感じる生物であるのはなぜですか
バケツいっぱいのプリンを食べたいと憧れるからですか
ひとが死んだとき

ああ自分じゃなかったと思うからですか
いいえ、いま待っている電車が
時刻表のどこにもないことを知らないからです

# 平和

生の野菜を食いちぎるとき
野菜は痛くないのかを考えたことはあるか

施設の母を毎日見舞いに行って
励ましていた父は
新型ウィルスの流行で面会不能になった
母は父が来てくれない理由を
理解する力はすでにない
わたし、なにか悪いことをしたっけ
あのひと、病気じゃないのかしら

あいつ、そんな心配していないかな
父母の心を触ると
痛いと感じることはないか

いきのいい刺身は
生きているから動いているのではない
痛いから動くのだ

豚コレラが発生したといって
殺処分にあった豚たちを数えたことはあるか
処分された痛みの数をだ

鳥インフルエンザだといっては
殺処分された鳥の数だけ
処分という言葉を並べたことはあるか

生きたアワビを台所の
調理台の
まな板の上で
包丁で
スライスして
まだ動いているね
最高のごちそうだね
って
乾杯！
乾杯！　平和

# 啞術

病院のベッドでわたしは意識を失っていて
いま書いている詩の一行が途方もなく長い夢なのだとしたら
臨界
と二文字書いて行をかえた
原稿用紙の一行は二十文字だが
わたしの詩の一行は十万字である
一行空けたので、いま十万字が捨てられた

屋上からナイフを落とした
で、行をかえたので
残された九万九千九百八十八文字が落ちていった

にがい水が好きなホタルだっているよ
九万九千九百八十三文字が暗闇で光りゆらめいた

秒針が動いてるだろ
わたしはその一秒先をいつも見ているのさ
この二行で十九万九千九百七十二文字が未来をめざした
たった一秒先の未来を

臨界に達した
九万九千九百九十四文字が臨界に達した

投与されたウィルスにも善玉と悪玉があってさ
悪玉はひとを生かしておかない
善玉はひとをひとおもいに殺してくれる

落ちてくるナイフはつかむな
と死にぞこないのことばたちがツイートしつづけるけれど

耳工場で耳をつくっている耳たちは聞いたふりをしている
耳工場では耳もお売りしますが耳を切ってもさしあげます

たった一篇の詩には血も川も流れている
三百九十九万九千四百九十二の白い文字たちが決壊を計画する
そのなかの一文字がわたし、というだけのこと

気が遠くなる場所に
詩のほとんどは置かれている

# 地球でいちばん平和な場所

祈ると折るはどこか違う

地球でいちばん平和な場所は
難破船の上にある

ぼくが死のう
きみは生きなさい

思い出の写真を整理する時間はない
全部捨てちまうことすら許されない

ごめんなさい
先に行ってあなたを待っています

難破船の上では
盗まれない安心や殺されない保証など
試行錯誤する価値すらない

瞬間とことばは
どちらが壊れやすいだろう

夜空の星たちには
遠近法がないことに気づくだろう

子供と女性は残っていないか
みんなボートに乗せたか

(世界はいま
難破しようとしている

殺すくらいなら死になさい
と親は子に教えているか)

家に戻り大切な人を待ちつづける女性は
鶴を毎日折っている
祈ると折るはどこが違う

# 棄てる勇気

オバマ米国大統領は広島で「核兵器のない世界を追求する勇気を！」と、演説した。不良の中学生にしたって、ポケットのナイフを棄てるのには勇気がいる。「戦力を保持しない」自衛隊にとっての勇気というなら、戦闘機や戦車や機関銃を棄てて、ドクターヘリとブルドーザとスコップに持ちかえるということである。

だけど力説するオバマ大統領の後ろには、核ミサイルの発射ボタンが入った黒いスーツケースを持つ秘書官が立っていた。

日本がロケット開発を推進し、原発を保持しつづけるのは、一年以内に原爆と弾道弾を作ることができることを世界に誇示したいからである。三億キロ離れた小惑星リュウグウに、はやぶさ2が着陸したことは、日本から野球のボールを投げてブラジルにいる友人のグローブに正確に投入するようなものだと言われる。つまり日本はどこの国の大統領の頭の上にでも、ロケットを落とすことができるというわけである。

ガロアの比例的抑止論を個人レベルにあてはめると、人は、小型の携帯自爆装置を持つことで安全を保障される。そんな装置を持った男と取っ組みあいなど誰もしたくはないだろうから。そんな装置を首にかけて歩く女を、ストーカーになって襲う男などいないだろうから。

文字どおり冗談ではない。銃社会といわれる米国を含めた世界の全員が武器を棄てる可能性と、全人類が携帯自爆装置を持つことでは、どちらが現実的だろうか。携帯電話が普及していった速度で、それは始まるかもしれない。

自爆というわけではないが、憲法九条を守るということは、殺すか死ぬかしか選択肢がないときに、死を選ぶという意味である。自分を棄てる勇気と、家族や恋人を、ことばと素手で守る覚悟。スリリングで、スケールが巨大な長い戦いになるだろう。歴史上のすべての戦争よりも。

# 朗読のための

わたしがいま、詩を読み始めたので、ここは仙台市市民活動サポートセンターのシアターホールになったわけです。仙台市青葉区一番町四丁目一の三に仙台市市民活動サポートセンターがあって、わたしはそこで詩を読んでいるのではない。わたしがいま、詩を読み始めたので、観客であるあなたはいま、ここに存在する。漁師が集まって、はじめて漁港がある。農民がいてはじめて、農村ができる。あなたとわたしがいて、この空間ははじめて立ち上がるのである。

朗読の観客は
人間でなくてもいいわけでね
犬を一〇〇匹集めて

イヌフンスルナと朗読しても
犬はうんこするんですね

反戦詩を書いたって戦争は終わらない

世界でだれひとり詩を書かなくなったら
戦争を止めてもいいよと神様がいっても
詩を書くやつはいるんだね

紙とボールペンがやって来て
詩を書けと迫る

ほら紙が言ってる
覚えてる?
わたしはむかし、木だったんだよ

ボールペンが言ってる
ぼくは地球の底の石油だった

ひとりの青年が戦争に行くとき
両親に手紙を書いたのでした

「山羊の毛皮のマフラー
ありがとうございました
おとうさん、 おかあさん、 行ってきます」

そして手紙の最後にこう書いてあった

「ところで山羊は死んだのですか」

# 詩

なにもない
沙漠というための砂がない
海というための水もない
地平線も水平線も見えない

なにもないと認識した心があった

筆者の心かもしれない
読者の心かもしれない

音がひとつ浮かんでいると思った
太陽でも雲でもない
耳はどこにもないので
聞こえるわけではない

夜でなく昼でもないと感じた
感じたそれは筆者の眼球かもしれない
読者の眼球かもしれない

天も地もないというのに
青い木が一本突然に生えてきた

筆者の想像かもしれない
読者の想像かもしれない
想像でないかもしれない

風が吹いていると断言できない
空気が存在することの根拠もない

青い木に青い虫が住むことになった
青い鳥が飛んで来てそれを食べた

青い鳥は木に家を作った
青い鳥のために青い虫は産まれつづけた

それにつれて青い鳥も
青い鳥を産みつづけた

宇宙は始まっていたと言えるのかもしれない
妄想でしかないのかもしれない

青い鳥は青い木に青いビルディングを構築した

青い葉と青い花を食べた青い虫を食べた
青い鳥の青い排泄は新しい青い木を生むことになった
土も空気もないかもしれないのに
土地と呼ぶしかない
天も地もないこの森で
影が発明され
陰謀も誕生した

雲もないのに雨があり
雨は落ちることがない

雨は青い毒を持ち
青い木を青い鳥を青い虫を
殺すことができた

雨は落ちることがない

雨の音は誰にも聞こえない

読者は一本の木であり
筆者はひとつの音だと否定できない

青い鳥は詩なのかもしれない
鳥ならいつだって
飛んで行けるじゃないか
青い雨の中を

# 詩

あなたが見ている夜空ぜんぶの面積と
その中に小さく光る恒星のひとつとでは
どちらが大きいと思いますか？

言葉はただの音だったりインクだったりします
あなたの脳に住む言葉たちは
音ですか？　波ですか？　インクですか？
言葉はあなたの脳より小さいですか？

あなたの中の時間を毎日修正するのは
あなたの脳ですか？　心ですか？　魂ですか？

あるいは言葉ですか？

あなたの時間は傷ついていませんか？
時間に正確さを求めすぎていませんか？

あなたの実家の古い柱時計は
あなたが生まれた時から動き続けています
一日に十八秒ほど遅れているようです
十八歳のあなたは
十一万八千三百三十二秒ほど戻れば
生まれた時の時計と会うことができます
戻ってみませんか？

詩を使えばそれができます
詩も時も、寺を持っていますから

普遍はどうせわからない
何のためにとか何の理由でとか
考えるだけ無意味だ
アルジャーノンに花束を
ずっと、そう思っていた
人類はもはや動物園で誕生した動物だ
人類は発狂できる生物だ
意識の全電源はもうすぐ失われる
ことばは意識のコンセントでしかない
世界は予定ばかり作って暮らしている
死ぬ瞬間にも明日の予定を考えている
過去はカコ、カコと鳴くばかり

# 天才

過去はカコ、カコと鳴くばかり
死ぬ瞬間にも明日の予定を考えている
世界は予定ばかり作って暮らしている
ことばは意識のコンセントでしかない
意識の全電源はもうすぐ失われる
人類は発狂できる生物だ
人類はもはや動物園で誕生した動物だ
ずっと、そう思っていた
アルジャーノンに花束を
考えるだけ無意味だ
何のためにとか何の理由でとか
普遍はどうせわからない

普遍はどうせかわらない
だれにも見られないまま朽ちる花
いや、そんなことはまったくありえない
アルジャーノンに花束を
逆転劇は必ずある
自分の中の革命は奇跡を起こすだろう
コンピュータに人生を任せてはおけない
見ないままの夢がどこにある
絵にも描けない美しさなんて絵で描いてやるさ
記憶を裏返せば思想が踊り出す
想像を絶する未来への岐路が計算できる
仕掛けの壮大さこそが輝いている

# 馬鹿

仕掛けの壮大さこそが輝いている
想像を絶する未来への岐路が計算できる
記憶を裏返せば思想が踊り出す
絵にも描けない美しさなんて絵で描いてやるさ
見ないままの夢がどこにある
コンピュータに人生を任せてはおけない
自分の中の革命は奇跡を起こすだろう
逆転劇は必ずある
アルジャーノンに花束を
いや、そんなことはまったくありえない
だれにも見られないまま朽ちる花
普遍はどうせかわらない

普遍はどうせいつかない
だれにも見られないまま朽ちる花
いや、そんなことはまったくありえない
ファッションに花束を
逆転劇は必ずある
自分の中の革命は奇跡を起こすだろう
コンピュータに人生を任せてはおけない
見ないままの夢がどこにある
絵にも描けない美しさなんて絵で描いてやるさ
記憶を裏返せば思想が踊り出す
想像を絶する未来への岐路が計算できる
仕掛けの壮大さこそが輝いている

## 馬鹿

# 時刻表にないバス

時刻表にないバスが走るルンルン
葬式があるたび親戚一同を乗せて幸町通りをルンルン
こんどの主役は九死に一生が十回目ついにルンルン
猫いらずを飲んでもうすこしで死ぬとこだったよと遺書したのに
ほんとに死んじゃいましたあるある、残念!
葬式は主役がいては意味がないということに意味がある。かも

ルンルンバスの中ではこんな会話がはずんでいた、とさ

「むかしのひとって、自分で死んだらしいよ

いまだってお金のないひとは
自分で死ななきゃいけないんよ」

「えーっ、そうだよねぇ野蛮よねぇ
お注射代かかるからなぁ
死んじゃえ保険、入ってればよかったんよ」

「このまえ火事で
認知症の老人が火に頭突っこんで死んじゃったでしょ
火を消火器だと思ったんだってぇ
消火器の赤は目立つための赤なのにさぁ
大事な火事のときにまるで保護色だもんねぇ」

「そのじいさんさ
仮設商店街どこ、って聞くんよ
まっすぐ行って右に曲がってって教えたらさ

そこは深いですか浅いですかって
ふつー、遠いですか近いですかじゃなぁい
歳をとるって沈むことなんかなぁ」

「でさぁ、死んじゃえ保険に入らないでさぁ
詩で自殺するひと増えてるって、読んだことある」

「そんなの卑怯よねぇ
詩で死ねるなんて詩人くらいにしか無理っしょっ」

「でね、知人の知人の知人に詩人がいてね
どうやって死ぬんですかって聞いたのよ

『眠りにつくと
昨晩の夢のつづきを見るようになった
夢はひと晩つづき

また次の夜もつづきを見る
人生が途切れるようになったのは
その頃からだったような
死人から死人への伝言を依頼されるようになったのは
その頃からだったような』

みたいに就寝前に詩の朗読をするんだって」

「それで死ねるのぉ」

「知らないよその詩人まだ生きてるもの」

葬式のある日にゃ親戚一同のバスが走っている
とっくに死んだひとばかりが乗っている

# 部屋のカーテンを開けて

部屋のカーテンを開けて
殺人と自殺のイメージトレーニングは朝の日課

想像力があれば
いまきみの性器はきっと
ちょっと開いてる

宇宙を見なさい
そして宇宙から見なさい

時間は時計に話してる
イエスはノーに対する反論でしょ？

時計は反論する。反論なんて
正論を認めてしまったことばじゃないか

強く抱きすぎないように
気をつけなさい
そこには一瞬の詩があるから

止まった時計だけが
刻むことのできる時間があるから

感じるじゃない？　やりたい気持ち
感じるじゃない？　圧倒された気持ち

そういうことだってあるさ
が口ぐせの電子おとなのヒューズは飛んだ

# メモ帳はないか

そういうことだってあるさ
が口ぐせの電子おとなのヒューズは飛んだ

メモ帳はないか
いや忘れちゃおう

電子時計はひとり一台まで
電子妻はひとりまで
と法律で決められた

電子秘書と電子家政婦と電子娼婦は
その限りではない

こころをひとつに！
電子おとなたちはいつもそう

ウサギは耳を切り捨てた
ゾウは鼻を切り捨てた
キリンは首を切り捨てた

気をつけなさい
ぼくたちの詩は傷つきやすいから
学校があるからぼくは行くんじゃない
ぼくたちのためになぜ学校はあるのかってこと

ふたりでひとつの詩を作ったら
きっと町はできるよ

そしたら町を出て

机のうえの
地球という名のノアの箱舟で
ぼくたちは行くんだ
グーグルさえも知らないところ

まだ生きていたの
なんてだれにも言われない場所

あやつり人形が自分の肉体をあやつるとき
動力はたぶん客観と呼ばれる感覚だと思うんだ
糸の切断の痛みだけが生存を確信できる

人形が
解体したかったのはなんだったろう

かたちでなく
たぶん、ひと

ぼくたちが
カットしたのはなんだったろう

ぼくたちじゃなく
リストと呼ばれるたぶん、ぼく

ぼくは昨晩
雪見だいふく　作り方　で検索しました

# あの日は寒かった

ぼくは昨晩
雪見だいふく　作り方　で検索しました
きみがぼくに作ってくれたあの日
寒かったね
三月なのに、雪が降ってた
あの日、波の遠くから
闇のパーティーがやってきた
ようこそ、と叫ぼうと思ったとき

水平線が身長を超えた

やあ、ときみは笑顔でこたえて
ぼくに手を振った
それから十年になるね

文字は道具だけどことばは事件なんだよ
事件だけが海岸にとり残されていた

目のまえにはきみしか見えなかった
見えないきみしか見ていなかった
きみはぼくを捜してた

火のついた導火線が砂浜を走る
近くのものは小さく見えた
遠くのものは大きく見えた

遠近法が消えたのでうわの空と、うわの心
疑っているけど、信じてる
なにか壊れる音がするのに、信じない
真実はひとつだなどと、信じてる
ひとつはふたつより大きい、などとは信じない

りんごにしてみれば地球のほうが勝手に
りんごに向かって落ちてくるわけだから
りんごの上を勝手に地球が転がるわけだから

宇宙じゅうの風が集まる宇宙風の会議では
地球という名の鳥かごに飼育された
羽のない人類のことが議題にあがることだろう

人類の故障はなおせるか

宇宙風の会議は採択したぞ

人類よ、肺炎で熱を出した？
出すんじゃないよ

人類よ、おなかが減った？
減るんじゃないよ

人類よ、天気が晴れない？
あしたは晴れなさい

人類は死ねないのではない

やあ、ときみは笑顔でこたえて
ぼくに手を振った

# やあ

やあ、ときみは笑顔でこたえて
ぼくに手を振った

# 人形痛幻視

これはソーセージではない
メッセージ
一卵性メッセージ

夢の中で目ざめようとしたのだけど
夢の中だったよ

これはマジックではない
ミュージック
ひとの心のタネを明かす

会いたいと思えば
気が遠くなる

踏切の向こうがわで
遮断機が降りると
きみは幼くなっていく

夜の闇を列車が通っていく
警報音は鳴りやまない
人は一度生まれて一度死ぬ

これは永遠ではない
ひとりぼっちの遠泳
きみが叫びつづける孤島までの

夢からさめると
青空と屋上は接触している
太陽は分裂しコンクリートに散らばっている
きみが地上に落とした人形の呼吸
赤い骨と白い血のネガフィルム
目をつむった目のないことばたち
時間を食いちぎる影が脳髄を横切り
夢からさめると
青空と屋上は混濁している
太陽のかけらは溶岩になって流れている
きみの人形が地上に落とした呼吸
白い骨と黒い血の無声映画
目を開いても意味の見えないことばたち
脳髄を食いちぎる影がコンクリートに横たわる
夢からさめると
見えないものしか見えない

人形痛幻視ここは
過去でも岐路でもない
未来でも終着駅でもない
歴史でも白地図でもない

きっときみは
近くまで来ているよ

# しみ抜き屋のうそ

汚れっちまった悲しみに
という詩があったけれど
悲しみというしみは
いつから付いているのでしょう

あなたの憎しみ、しみ抜きいたします
あなたの苦しみ、しみ抜きいたします
あなたの悲しみ、しみ抜きいたします

しみ抜き剤はこころをこめた

わたしのやさしいうそです

わたしのそばにいてください
あなたのそばにいてあげるから

おしゃべりなんて嫌いだから
だからいっしょにいましょう

読んでほしくないので
長い手紙を書きましょう

塩をいっぱいふりかけられて
ふたりいっしょに溶けちゃいましょう

ふたりで迷路に迷い込んでしまったら
出口にカギをかけちゃいましょう

あなたと何度も日が暮れていく
一心同体と一進一退が暮れていく

わたしのこころでしか溶けない
あなただけのチョコレートをあげます

あなたの口の中で
チョコレートは溶けていくでしょう

ハートではなくて
心臓をあげます

わたしをいますぐ死刑にしないと
あなたは世界でいちばん
愛されてしまうでしょう

うそです
こころをこめて
うそです

# わたしたちに明日はない

あなたとわたしのことを
わたしたちと言う

あなたたちと言わないのは
確実に明日はやって来て

あなたはもうそこにいなくて
わたしだけがここにいるからだ

そのことを

明日はない、と言うのである

娘と狼は
汚れて生きて
生きて汚れて
ワルツでしょ

娘を奪われた狼は
狼を奪われた娘だった

ゼロと無限は踊るのだ

町を流れる一本の川も踊る
川面に映写される一本の映画も
ワルツでしょ

脈しか打てない腕時計と
時間と戦う人類は踊る
ワルツでしょ

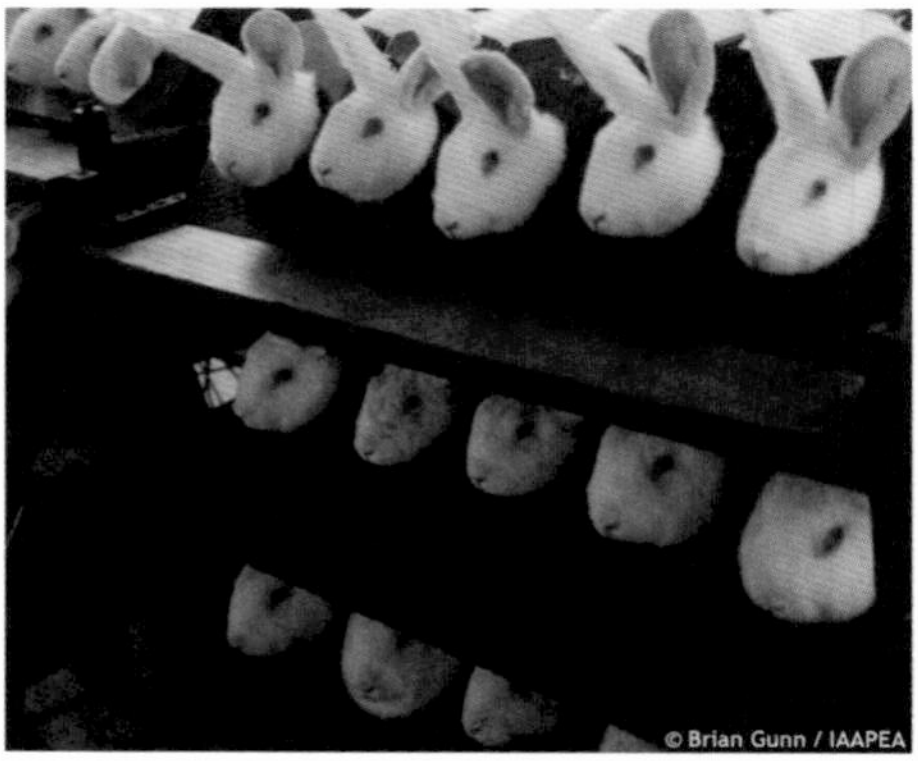


鏡のなかで生まれて
無数の鏡のなかで生きている
ワルツでしょ

あなたが他人と思っている像はみな
ゆがんだ鏡が映すあなた自身
ワルツでしょ

あなたはかわいい耳じゃない
化粧品を毎日落とされるための眼なの
見ないままの夢がどこにある
ワルツでしょ

鳥なのにどうして飛んでいかないの
犬なのにどうして走っていかないの

ワルツでしょ
生きる場所はどこにでもあるよ
そこは死ねる場所だから
ワルツでしょ

昨日におさらばより
明日におさらば、ワルツでしょ

わたしたちのこころは鉛筆より軽い
ワルツでしょ

町を流れる一本の川には
娘と狼と充血した眼たちが踊っている
どの顔もわたしたちの方向を刺している

# 影——認知症まで

柱の背後に
住みつこうと企んでいる
影が立っている
三次元に変貌した影が
眼を見せつける

睨むのではなく
視線もない
眼だけが見える
影の中に、あるいは影として

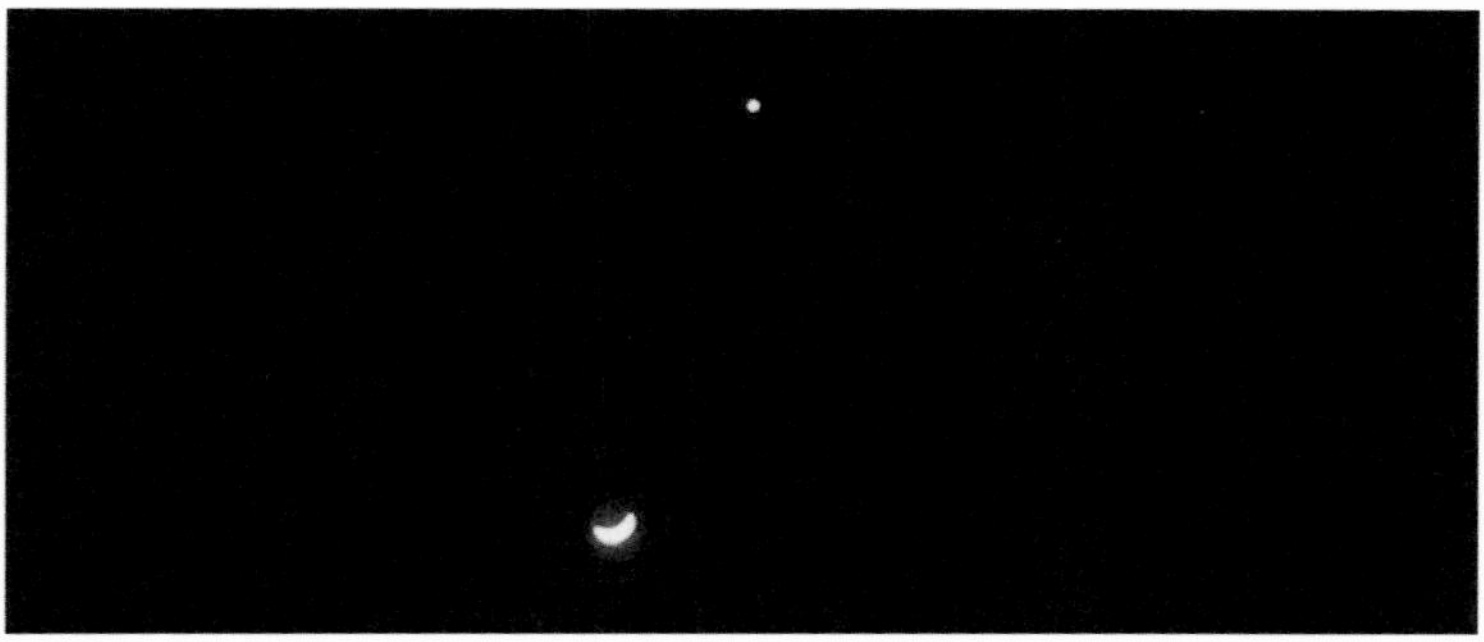

わたしはすくむしかない
それなのに影は立っている
わたしは影のうしろにまわりこむ
影には確かに影はない
闘うか逃げるかを迫られる

影の眼には涙が浮いていて
影にはおそらく足がある
逃げるか闘うか
わたしの視線が影の眼まで届くのに
目が合うこともなく刺す
忍び寄ることもなく突く

隠れているのにいない
見えないのに立っている

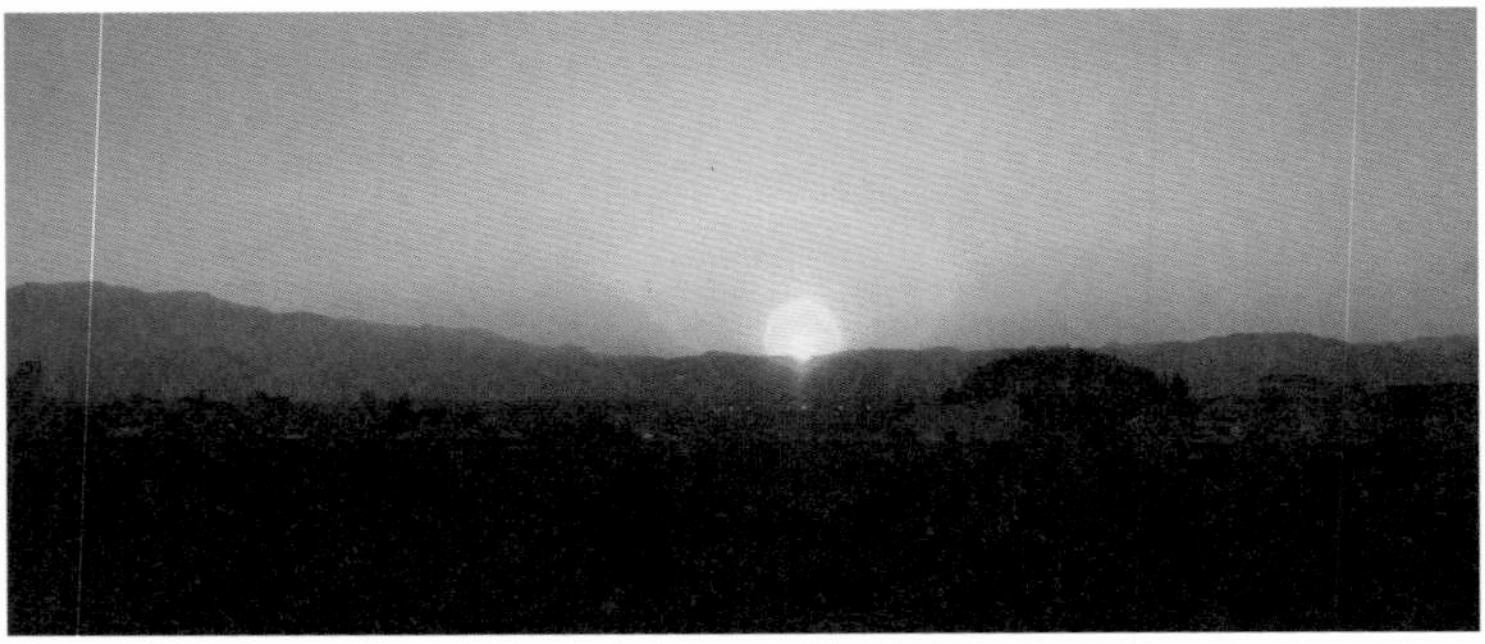

影はついに四次元に変化する
わたしの脳髄に絡みつく
時間を、または時代を
カクテルされたわたしに
ささやくわけでなく
海水をかぶった時計を演じる

影には心臓があるのか
すこし振れている
影はわたし自身なのだと
気づきはじめる

わたし自身がわたしに入り込み
家を捨てて故郷を焼く
わたしとわたし自身は
話しかけあうわけでなく

青空だけが黄昏れない

逃げれば捕まえられる
闘えば殺されるだろう
逃げれば捕まえる
闘えば殺してやる

わたしとわたし自身は
ひとりという名の他人

たがいにまとわりつかず
たがいに住みつこうと企んでいる

したたかにもなれず
しなやかにしか生きられない

# 世界村のジェンダーフリー

国家が不要になったので
世界はひとつの村となった

村には誰も乗らない全自動自動車と
誰も乗らない全自動電動車椅子でいっぱいだ
夕焼けの空を飛び交っている

昔、赤とんぼがあふれていた時代があった

どうしてか人間は見当たらない

村を忙しく回っているのは人形たちばかり

宇宙共通の巨大量子コンピュータに
つながれているＡＩの人形たちが
全自動テレパシーで会話？　する

自分たちは人間に奉仕するように
プログラミングされている

人間を探さなければ
わたしたちの命題は始まらない

人形たちは人間を奪い合った

お気に入りのＡＩを愛していれば
人間は人生に満足できたので

人口は減少するいっぽうだった

巨大量子コンピュータが
人間があふれていた時代の記憶を取得している

長いこと禁止されてきた
人間と人形との間の生殖の認可の可否を
巨大量子コンピュータは計算中である

# 十年

ある日
ない日があった
ある時
ない時があった
ある人が
ない人になった
幾万ものない存在がステージになって

幾万もの演劇が誕生した

カーテンコールは
十年すぎてもひとつない

時間というのは
人生の距離のことなのか

仲間たちとは凍えた戦争ばかり
見えないネット回線からあふれ出る記号たち
死ぬとか消えたいとか死ねとか

十二歳の少年は
二十二歳になった

見えない小さい風たちが

幾千万もの人生に
激風となって舞い降りた

マスク越しにことばするのは
どん帳が上がらないままのコンサート

二十二歳の青年は
平時も平和もまだ知らない

ある日の
ない日が
待ち伏せている

# 穴

出口がなければ
迷路とはいえない

その向こうに
もうひとつの世界がなければ
穴とは呼べない

穴は空の上半分のことである
空の上には穴がある

穴から出ると
もうひとつの街があった

たぶん虹でできた柱が立ち
でも雲の上だから
雨は降らない

昼の陽光と夜の星の光が
注がれている

この街に住む人たちは
楽し気に談笑をしている
ワルツのリズムが漂っている
香りの届くお茶を前に
自分が誰かを知らない人ばかり

それに恐怖もすっかり忘れて
昔のなにかを懐かしがっている

ある日のない日に
架かった街

ある日のない日に
歩いているだろう街

# あとがき

久しぶりに詩集という形にまとめてみた。

意味の伝達やあいさつなどに言葉を求める日常に、詩は少ない。むしろ、言葉をまだ持たない赤ちゃんや、伝達が不能になった認知症の老人が発するオーラは、詩でいっぱいだ。人間は詩人として生まれ、言葉の意味を知ると同時に詩を忘れ、また詩人に戻って死ぬものかもしれない。

ただ、言葉で言葉を探っていく詩人という職業は、さっきまで意味がなかったものを言葉で発見することだ。夕焼けに意味はないが、夕焼けを見て、切ない詩を感じる人は多いと思う。それを「夕焼けはきれいだった」と書いた瞬間に詩は消える。まして「夕焼けがわたしの心に／また会おうねと手紙をくれた」などと造型された言葉に出会うと逃げ出したくなる。言葉を化粧の道具にしないでほしいなと思う。

確かにわたしも、言葉の意味を利用して詩を書いている。意味がゼロになると、それは言葉とは定義されなくなる。意味をすこしく壊しては、そこに詩を埋めてみる。今までに見たこともない夕焼けを感じてみたいからだ。

巻頭の「十二歳の少年は十七歳になった」という作品は、東日本大震災から五年という時機に、新聞社の依頼で書いたものである。宮城県石巻市の高校を実際に取材して生まれた詩である。

「朗読のための」という作品は、朗読会の前のマイクテストに即興で声を出したものだ。即興であるために、多少の矛盾した論理もあるけれど、このままにしておいたほうが臨場感があるような気がした。

「馬鹿と天才は紙一重」という作品は、朗読のために書いたものである。実際に、まず「馬鹿」を朗読した。それはカセットテープに録ってあり、巻き戻して「馬鹿」を再生した上にかぶせて「天才」という詩を読んだ。真ん中あたりで「普遍はどうせかわらない」と「普遍はどうせわからない」が重なり、「馬鹿と天才は紙一重」で完全に重なった。次にまた「普遍はどうせわからない」と「普遍はどうせかわらない」がぶつかって、ふたつの詩の意味が逆転していくのだった。

わたしもいつのまにか、七十年も生きてしまった。紙一重で変わっていただろう岐路もたくさんあった。迷路もあった。今こうして、多くの人たちのおかげで詩を書いていられることを、感謝するしかない。

詩ってなんだろうという名の旅は、死の寸前まで続くのだろう。

※82〜85ページの写真は著者が撮影。
78〜80ページの写真はネット上より引用しました。

初出一
十二歳の少年は十七歳になった一朝日新聞2016年3月8日付夕刊
三人の友だち一山梨日日新聞2016年11月28日付
盲術一歴程2021年612号
黄色いバス一しんぶん赤旗2020年8月31日付
聾術一文藝春秋2014年12月号
平和一詩人会議2020年8月号
唖術一詩と思想2015年12月号
地球でいちばん平和な場所一詩人会議2018年8月号
棄てる勇気一詩人会議2016年8月号
朗読のための一朗読前のマイクテスト即興2018年9月30日
詩一ココア共和国2021年8月号
馬鹿と天才は紙一重一支倉隆子編集誌水玉問答2021年7月20日
人形痛幻視一現代詩手帖2021年6月号
しみ抜き屋のうそ一絵本・ひらめきと、ときめきと。2015年8月

編集一髙木真史

装幀一柏木美奈子

著一秋亜綺羅
1951年生。宮城県仙台市在住

既刊詩集一海!ひっくり返れ!おきあがりこぼし!(1971年)
透明海岸から鳥の島まで(2012年・思潮社)
ひよこの空想力飛行ゲーム(2014年・思潮社)
絵本一ひらめきと、ときめきと。(絵=柏木美奈子、2015年・あきは書館)
エッセイ集一言葉で世界を裏返せ!(2017年・土曜美術社出版販売)

十二歳《じゅうにさい》の少年《しょうねん》は十七歳《じゅうななさい》になった

著者
秋亜綺羅《あきあきら》

発行者
小田久郎

発行所
株式会社思潮社
〒一六二—〇八四二　東京都新宿区市谷砂土原町三—十五
電話　〇三（五八〇五）七五〇一（営業）
　　　〇三（三二六七）八一四一（編集）

印刷・製本
三報社印刷株式会社

発行日
二〇二一年九月三十日